Papel certificado por el Forest Stewardship Council®

Primera edición: marzo de 2025

© 2025, Nuria Casas y Arnau Roca, por el texto
© 2025, Marina Martín, por las ilustraciones
© 2025, Penguin Random House Grupo Editorial, S.A.U.
Travessera de Gràcia, 47-49. 08021 Barcelona
Diseño de la cubierta: Gemma Martínez Viura

Penguin Random House Grupo Editorial apoya la protección de la propiedad intelectual. La propiedad intelectual estimula la creatividad, defiende la diversidad en el ámbito de las ideas y el conocimiento, promueve la libre expresión y favorece una cultura viva. Gracias por comprar una edición autorizada de este libro y por respetar las leyes de propiedad intelectual al no reproducir ni distribuir ninguna parte de esta obra por ningún medio sin permiso. Al hacerlo está respaldando a los autores y permitiendo que PRHGE continúe publicando libros para todos los lectores. De conformidad con lo dispuesto en el artículo 67.3 del Real Decreto Ley 24/2021, de 2 de noviembre, PRHGE se reserva expresamente los derechos de reproducción y de uso de esta obra y de todos sus elementos mediante medios de lectura mecánica y otros medios adecuados a tal fin. Diríjase a CEDRO (Centro Español de Derechos Reprográficos, http://www.cedro.org) si necesita reproducir algún fragmento de esta obra.
En caso de necesidad, contacte con: seguridadproductos@penguinrandomhouse.com

Printed in Spain – Impreso en España

ISBN: 978-84-488-7044-7
Depósito legal: B-559-2025

Compuesto por Gemma Martínez Viura
Impreso en Gráficas Estella, S.L.
Estella, Navarra

BE 7 0 4 4 7

Ilustraciones de
Marina Martín

ITI el pequeño MANATÍ

Nuria Casas
Arnau Roca

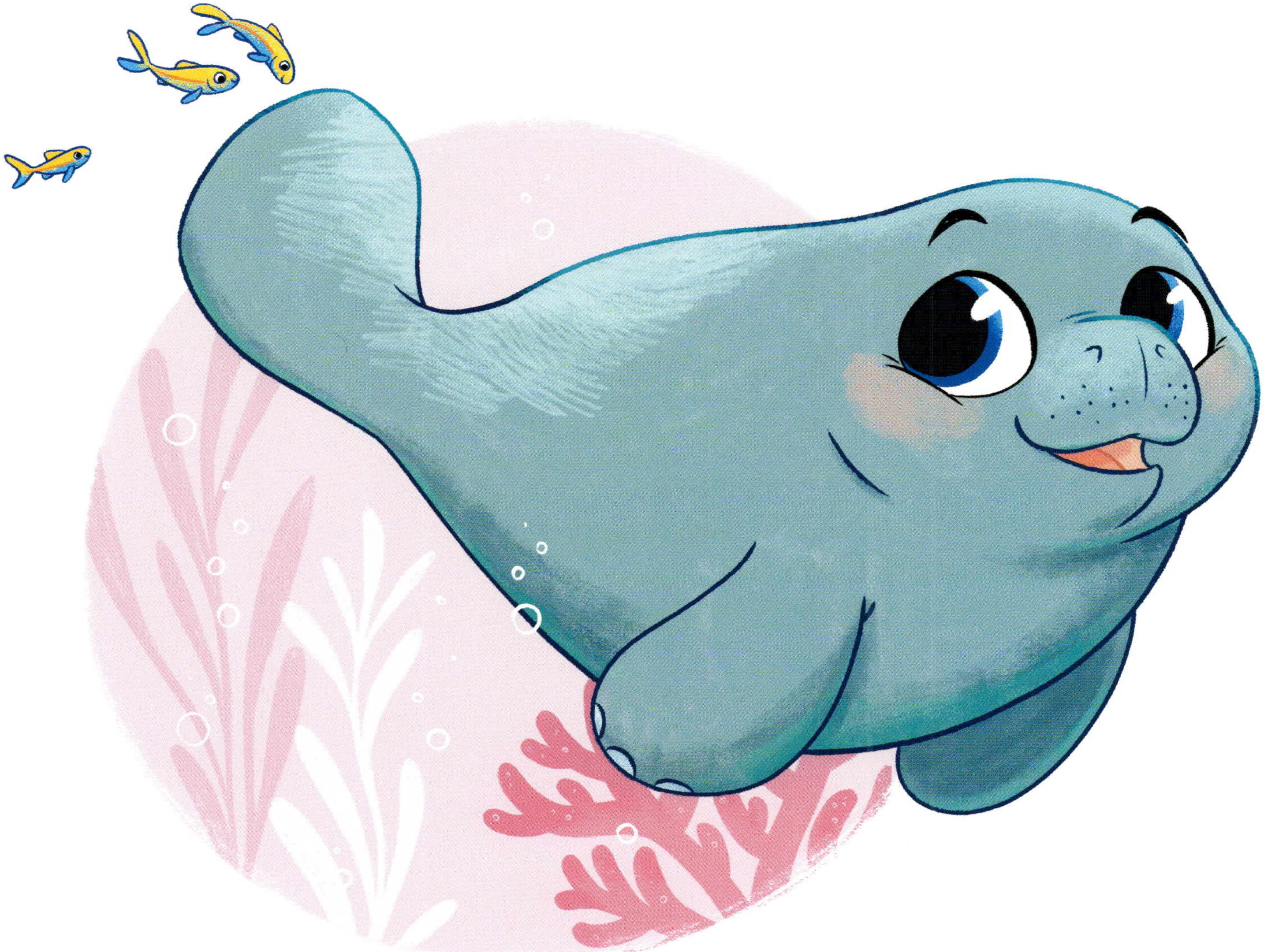

Beascoa

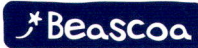

Como cada sábado, **ITI**, el pequeño manatí, se preparaba para ir a desayunar a casa de sus abuelos...

Pero ese día no parecía muy contento.

—**ITI**, ¿por qué hoy no cantas? —preguntó mamá manatí.
—Es que estoy un poco triste —contestó **ITI**.
—¿Qué te pasa?

—Pues… ayer en la escuela quise jugar al escondite con mis amiguitos de la otra clase, pero me dijeron que no podía porque soy demasiado grande para esconderme sin que me vean.

Mamá manatí sonrió y le dijo:
—Con el tiempo te darás cuenta de que todos somos diferentes y de que en esa diferencia está la virtud de cada uno.

—No lo entiendo —dijo ITI confundido.

—Vamos a hacer una cosa: de camino a casa de tus abuelos, quiero que pienses en todo lo que sí puedes hacer.

ITI cogió sus cosas y se puso en marcha pensando en lo que le había dicho su mamá.

A **ITI** le encantaba ir solo por el océano y observar a todos los seres que viven en él.

—¡Nadando por el mar, me voy a desayunar! —canturreaba feliz.

De repente oyó una vocecita que venía de detrás de una roca.

—¡Que alguien me dé la vuelta, por favor!

Una tortuga se había quedado boca arriba y, como no tenía suficiente fuerza, ¡no podía girarse!

—Hola, me llamo **ITI** y soy un manatí.
Los manatíes somos muy fuertes,
¡así que puedo ayudarte a darte la vuelta!

Y así lo hizo.

—¡GRACIAS! Yo me llamo Rula.
—Voy a desayunar a casa de mis abuelos, ¿quieres venir conmigo?
—¡Me encanta desayunar! —exclamó Rula.

La tortuga Rula y el pequeño manatí siguieron su camino juntos.

—¡Nadando por el mar, nos vamos a desayunar! —canturreaban felices.

—¡Socorro! ¡Mis patitas! —gritó alguien.

En una pequeña red de plástico ¡había una gamba atrapada que no podía salir!

ITI quiso ayudarla. Respiró hondo
¡y sacudió la red con todas sus fuerzas!

—¡Aaaaaah! —gritó de nuevo la gamba.

—Calma, ITI, calma —lo tranquilizó Rula—. No debes usar la fuerza para todo, ¡podrías hacerle daño! Con mucha paciencia y cuidado, romperemos la red para liberarla.

Y así lo hicieron.

—¡GRACIAS! Me llamo Rin.
—Vamos a desayunar a casa de mis abuelos, ¿quieres venir con nosotros?
—¡Me encanta desayunar! —exclamó Rin.

—¡Nadando por el mar, nos vamos a desayunar! —canturreaban los tres amigos.

Mientras cantaban y reían, oyeron algo extraño.

Una manta raya, escondida entre las algas, lloraba sin parar.

Al ver que se acercaban a ella, la pobrecita se asustó.
—Hola, manta, me llamo Rula. ¿Por qué lloras?
—Hola. Yo me llamo Berna y me he perdido.

—No llores —dijo Rin mientras le hacía cosquillas con sus patitas para que se calmara y dejara de sollozar—. Siempre que tengas problemas ¡debes pedir ayuda!

—Vamos a desayunar a casa de mis abuelos, ¿quieres venir con nosotros? Además, ellos conocen todos los caminos, ¡seguro que te pueden ayudar! —añadió ITI.
—¡Me encanta desayunar! —exclamó Berna.

Berna subió a Rin y a Rula sobre su lomo para así poder ir más rápido.

—¡Nadando por el mar, nos vamos a desayunar! —canturreaban felices los cuatro amigos.

Mientras seguían su camino a casa de los abuelos de **ITI**, el pequeño manatí se dio cuenta de una cosa...

—¿Os habéis dado cuenta de lo diferentes que somos?

—¡Es verdad! —contestaron sus nuevos amigos.
—Yo soy muy grande y fuerte —dijo **ITI**.

—Yo soy mediana y muy paciente —continuó Rula.

— Yo soy muy pequeña y ágil con mis patitas —añadió Rin.

—Yo soy muy ancha y nado muy rápido —aseguró Berna.

— ¿Habéis visto? Ser diferentes nos ha hecho más fuertes y juntos hemos solucionado todos los problemas que nos hemos encontrado — dijo ITI satisfecho.

Los cuatro amigos llegaron felices a casa de los abuelos de **ITI**.

Tenían un gran desayuno preparado
y cantaban sin parar:
— ¡Nos encanta ayudar,
vamos a DESAYUNAR!

Y así fue como **ITI**, el pequeño manatí,
la tortuga Rula, la gamba Rin
y la manta Berna, que parecían tan diferentes,
¡se hicieron amigos inseparables!

Escanea este QR y disfruta de este primer cuento de

ITI el pequeño MANATÍ

de una forma única.